MARION KANNEN

Die klügste Katze der Welt !
– und ich

Eine wahre Liebesgeschichte

Marion Kannen lebt und schreibt, nach Stationen in Köln, Leicester, Wiesbaden und Frankfurt, seit 2008 in Berlin. Sie veröffentlicht Gedichte, Kurzprosa und Geschichten in Anthologien, u.a. in der Edition Zeitsprung *Bis dein Blick Meer wird* (2019), in *(un)zeitgemäß,* ANDERSWO IST SCHON DA (2020), *Ich will alles von der Welt* (2022) und publizierte eine eigene Gedichtsammlung *SpielZeugHaus* in der Reihe FREEdrichshagener⌘Kleeblatt 9 | 2021.

Die klügste Katze der Welt !

– und ich

Eine wahre Liebesgeschichte

MARION KANNEN

Impressum

Bearbeitung, Cover, Layout: Monika Jarju
Herausgeber: FREEdrichshagener⌘KleeBLATT
Druck: Neopubli GmbH Berlin 2023

Bibliografische Information der Deutschen Nationalbibliothek: Die Deutsche Nationalbibliothek verzeichnet diese Publikation in der Deutschen Nationalbibliografie, detaillierte bibliografische Daten sind im Internet über http:// dnb.d-nb.de abrufbar.

FREEdrichshagener⌘KleeBLATT 12 I 2023

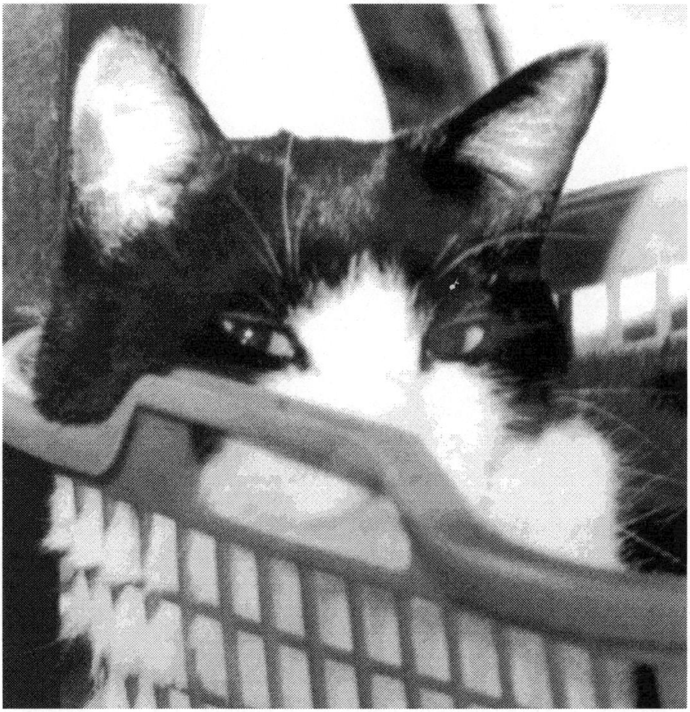

Ganz ehrlich!

Immer wenn ich anfange von Hexe, meiner Katze, als der klügsten Katze der Welt zu sprechen, höre ich nur, dass dies alle Katzenliebhaber und -liebhaberinnen der Welt über ihre Katzen sagen, und dass das sicherlich übertrieben sei. Sobald ich aber von den ersten Erlebnissen mit ihr erzähle, ein Beispiel dafür gebe, was sie getan hat und wie sie dabei vorgegangen ist, dann schweigen sie verwundert, um noch etwas später zu sagen, ja, also, so etwas haben sie nun doch noch nicht gehört und tatsächlich, die meine muss doch etwas sehr Besonderes gewesen sein. Also war und ist sie es: Die klügste Katze der Welt! Ihr Name: Hexe.

Suspekt

Manche Tierfreunde meinen, sie seien eher ein Hundetyp und Katzen wären ihnen irgendwie suspekt.
Das verstehe ich, denn mir ging es früher genauso. Der Grund für meine Vorbehalte diesen kleinen Raubtieren gegenüber liegt weit zurück, in meiner Kindheit. Seitdem ich ein Schulkind war, verbrachte ich die Sommerferien bei meinen Großeltern. Eines Abends erzählte mir meine Oma eine grauenhafte Geschichte. Es ging um einen Mordfall.
Eine alte Dame war nachts in ihrem Bett getötet worden. Der Kommissar, der den Fall dieses merkwürdigen Todes aufzuklären hatte, verdächtigte ihre Katze, – die Frau lebte allein. Um das Tier zu überführen, befestigte er eine Kordel am Kopf der Toten, die noch in ihrem Bett lag. Dann versteckte er sich und bewegte damit ihren Kopf. Die Katze habe sich sofort auf sie gestürzt, um sie in den Hals zu beißen. Aus Eifersucht sei das geschehen, weil sie nicht in ihrem Bett schlafen durfte. Nachdem meine Oma diese Gruselgeschichte beendet hatte, nickte sie mir zu und sagte: da siehst du! Sie mochte die kleine Graue nicht, die ab und zu in unserem Hof miaute. Und mir waren Katzen seitdem nicht mehr geheuer.

Aber eines sonnigen Tages habe ich unversehens selber eine: im Sommer 1983 klingelt es nachmittags an meiner Wohnungstür. Vor mir steht meine Schwester. Sie hat einen Schuhkarton unter dem Arm, den sie mir entgegenhält und sagt, hier, die ist für dich, wir haben ja einmal darüber gesprochen. Das stimmt. Sie sagt, sie kann sie nun wirklich nicht mehr behalten, weil sie schon drei kleine mutterlose Kätzchen hat. Und hier, dieses kleine Etwas hat die anderen immer wieder angestupst, wenn sie apathisch in der Ecke lagen. Jetzt sind die munter und kräftig, sie brauchen sie nicht mehr. Und für mich sind vier Kleine wirklich zu viel. Das sehe ich ein. Stell dir vor, wie klug sie ist, sagt meine Schwester, sie ist mir morgens nach dem Duschen auf den nackten Rücken gesprungen und abgerutscht. Anstatt sich festzukrallen, hat sie ihre Krallen eingezogen, um mir nicht weh zu tun, ganz gegen ihren Instinkt! So ist sie mir den Rücken heruntergerutscht und auf den Boden geplumpst! – strahlt meine Schwester. Ich frage mich, ob das wirklich ein Zeichen von Intelligenz ist oder nicht eher das Gegenteil. Außerdem wurde sie in letzter Minute vor dem Ertrinken bewahrt. Jemand hat einen ganzen Wurf in einen Fluss geworfen, nur diese eine konnte noch von einer Passantin gerettet werden. Sie hält mir den geöffneten Karton vor die Nase. Hexe heißt sie, es ist wichtig, dass der Name einen Zischlaut enthält, sie hört das besser. Schau doch mal, wie süß sie ist. Oh ja, sie ist

süß. Wirklich sehr. Und nun habe ich sie, noch kein halbes Jahr alt. Ich weiß nichts über Katzen und bin mir zu diesem Zeitpunkt nicht sicher, ob ich Katzen wirklich mag. Was sie wohl für eine ist…? Was sie wohl tut…? Irgendwo in meinem Hinterkopf spukt noch die Geschichte herum, die meine Großmutter erzählt hat.
Ich beobachte das Tier genau: Sie klettert auf den Balkonsims, schnüffelt in den Blumenkästen und drängelt sich zwischen die Stängel. Ihr Schlafplatz ist der Korb im Flur, doch sie schläft auch ganz oben auf dem Küchenschrank. Im Bad verteilt sie beim Scharren Katzenstreu, sorgfältig deckt sie jeden Gestank zu. Sie frisst laut schmatzend Dosenfutter, rast beim Spaziergang auf einen Baum im Park, kommt aber freiwillig wieder herunter. Sie fällt vom Balkon, tut sich aber nichts und macht das nicht wieder. Sie miaut vor meiner Zimmertür und will gestreichelt werden. Bislang nichts Verdächtiges.

Als sie fast ein Jahr alt ist, wird sie sterilisiert. Das ist besser so, meint der Tierarzt vormittags, eine kleine kurze Routinesache. Am Nachmittag liegt das operierte und noch betäubte Tier in ihrem Korb im Flur. Ich sitze in meinem Zimmer und schreibe an meiner Hausarbeit, bearbeite die Tasten der Schreibmaschine und werde darin immer besser. Ansonsten ist es still, nur draußen geht Regen runter. Plötzlich höre ich ein

Scharren und Kratzen an meiner Tür. Genau davor liegt sie, ein kleines jämmerliches Fellbündel, noch halb betäubt. Zentimeter für Zentimeter hat sie sich mit Hilfe der Vorderpfoten durch den Flur gerobbt, die Hinterpfoten, die sie noch nicht bewegen kann, hinter sich hergezogen. Sie hebt den Kopf und sieht mich an, dann fällt der Kopf wieder.
Ich nehme sie auf, die rosa Fußballen eiskalt, schiebe sie unter meine Jacke. Sie wickelt sich um meinen Bauch und beginnt zu schnurren. Ich schaue sie mir genau an. Ihr Rücken ist schwarz, ausgehend vom Hinterkopf über den Rumpf bis zum Schwanz. Weiß ist sie, angefangen von der Nase, an Hals, Brust und Bauch. Auch der untere Teil der Pfoten ist weiß, bis zu den rosa Sohlen. So sieht es aus, als trüge sie lange weiße Handschuhe. Elegant. Weiß ist das Kinn, die Schnurrhaare, die Schnauze, bis auf die Nase, die ist rosa. Weiß und auch rosa sind die Ohren innen, außen schwarz. Und sie hat einen weißen Kringel um ihr schwarzes Hinterteil: einmal weiß um den Po und den Schwanz herum. Die Augen dagegen sind schwarz umrandet, ein dünner Strich, wie mit Kajal gemalt. Einen Blick hat sie später, als sie erwachsen ist, einen Blick wie Sophia Loren. In diesem Moment weiß ich, ich liebe diese Katze und das wird sich auch nicht mehr ändern lassen.

Pfeifenreiniger

Damit ist Hexe unwiderruflich zuhause in unserer engen Vierer-WG. Wir haben zwar nur drei Zimmer, aber auch wenig Geld. Deshalb teilen sich Tina und Karin das größte, ursprünglich als Wohnzimmer gedachte Zimmer mit Stehbalkon und Aussicht auf den Park. Unsere Küche ist recht groß, eine sogenannte Wohnküche mit Balkon. Dies ist unser Wohnzimmer geworden. Ich bewohne das Kinderzimmer, und Maja, die Hauptmieterin, ist mit edlen Möbeln in das mittlere Zimmer gezogen, welches wohl als Elternschlafzimmer gedacht war. Alles geordnet und aufgeteilt. Doch gelten die räumlichen Beschränkungen nicht für alle gleich: schon wenige Tage nach ihrem Einzug gehört Hexe die ganze Wohnung. Sie darf in jedes Zimmer, sie wird hereingebeten, gelockt, herbei geschmeichelt. Jede möchte sie streicheln, sie schnurren hören und Katzenkopfstüber erhalten. Die Katze gehört zwar mir, doch ihr gehören alle.
Heute Abend besucht sie Tina, sie hat gerade Feierabend und trinkt genüsslich und in Erinnerung an ihre Zeit als Farmarbeiterin in Südafrika ein Bier aus einem emaillierten Henkeltopf.

Meditativ versunken reinigt sie sorgfältig ihre lange Zigarettenspitze aus Elfenbein, mit der sie ihre Selbstgedrehten raucht. Dazu verwendet sie traditionelle Pfeifenreiniger. Dies sind fünfzehn Zentimeter lange, weiß und flauschig umwickelte biegsame Drähte, die sie in ein Wasserglas auf ihrem Schreibtisch gestellt hat – aufgefächert wie Mikadostäbe oder Salzstangen. Schwups! Mit einem Satz ist Hexe auf dem Schreibtisch. Sie beschnüffelt zunächst das Bier, dreht ab – *Degoutant!* – und beißt an den Pfeifenreinigern herum – *Die sind schon besser* – findet sie und kaut darauf herum. Sie zerrt bis das Glas umkippt, vom Tisch auf den Boden fällt und die Stäbchen auf den Teppichboden rollen. Katze hinterher. Sie scheucht sie mit den Pfoten hin und her, wirft sie hoch, verwirbelt sie wild, verfolgt sie bis in den letzten Winkel hinter der Matratze. Während Tina sie Stück für Stück wieder einsammelt, hält Hexe mit der Pfote dagegen: *Meins!* – legt sie sich platt auf den Stäbchenberg, wird beiseite geschoben, hält mit den Krallen ein paar fest. Lass das, Katze! – rufe ich und nehme sie ihr weg, ein paar hat sie doch noch erwischt, die fliegen quer durchs Zimmer. – Nein! Hexe! – Sie springt hinterher. Endlich hat Tina es geschafft und die salzstangenähnliche Parade steht, wenn auch lädiert, wieder auf ihrem Schreibtisch, – ich frage mich, wie lange wohl noch, denn diese Dinger haben gerade die Besitzerin gewechselt. Katze streift jetzt langsam durchs fremde Revier, scheinbar ohne Blick zu den Viechern im Glas. Ein zum Kringel verbogenes Stäbchen liegt kaum sichtbar hinter dem Gummibaum. – *HA! Erwischt!* – Erneut beginnt die Verfolgungsjagd. Ein geschickter Schwung mit der Kralle und der weiche Flausch segelt in hohem Bogen bis zur Matratze und verschwindet in den Falten einer Wolldecke. Katze fasst es ins Maul und bearbeitet es mit den Hinterpfoten, sie will nun töten – *Das gibt dir den Rest!* – Dann zischt die Scheinmaus, nun eindeutig zu einem Kringel verformt, in Richtung Schreibtisch und landet wieder bei Tina, zu ihren Füßen. Sie aber trinkt aus ihrem Henkeltopf, denkt an die Farm und die Sonne, raucht elegant und betrachtet versonnen das verformte Stäbchen, die daneben sitzende Katze, die sie anschaut. Schließlich nimmt sie das Stäbchen auf und stellt fest: nicht mehr zu gebrauchen. – Da! Kannst du behalten! – wirft sie es fort, das unbrauchbare Teil, Hexe zum Fraß. Weit weg, in die andere Zimmerecke. Katze springt hinterher, packt es, nimmt es ins Maul, schüttelt es und bringt es zurück. Wie bitte? Bringt es zurück? Nochmal das Ganze: Kringel aufnehmen, weit wegwerfen, z.B. bis in die Küche, Hexe hinterher und... bringt es zurück! Das kann nicht sein! – werde ich von Tina als die Verantwortliche für diesen Skandal herbeigerufen. Sie fordert mich auf: ich soll den Kringel einfach mal hochwerfen, sagen wir einen Meter. O.k. Hexe fixiert, springt, fängt in der Luft und legt es Tina zu Füßen! – Tja, dem ist wohl so. Sie muss in ihrem früheren Leben Hund gewesen sein. Wir sind wenig amüsiert. Eine apportierende Katze ist ein Widerspruch in sich. Wild sei die Katze, eigenwillig und stolz! Doch es ist, wie es ist. Von nun an sind die Dinger ihr Lieblingsspielzeug. Sie befriedigt damit ihre Mordlust unblutig, trösten wir uns. Pfeifenreiniger gehören ab jetzt zum Haushaltsinventar, wie Katzenfutter und Katzenstreu. Wer immer gerade zuhause ist, dem legt sie irgendwann so einen Kringel vor die Füße. Mir besonders gern, wenn ich am Schreibtisch sitze und mich sowieso gern ablenken lasse, von der Seminararbeit, der Analyse, der Vorbereitung auf die Klausur. Da werfe ich gern mal ein paar Runden zwischendurch. Jede von uns tut das, und ehrlich gesagt, hat jede von uns inzwischen eine eigene Packung Pfeifenreiniger in der Schreibtischschublade. Und biegt schon einmal einige rund. Was sind wir für Weicheier! Da wir zu viert sind, finden sich diese Kringel bald überall in der Wohnung: in der Küche hinter dem Schrank, unter der Matratze, im Bad neben dem Katzenklo, zwischen den Blumen auf dem Balkon. In jedem Zimmer, in jeder kleinsten Ecke sitzt so ein Kringel. Was hat da von uns Besitz ergriffen? Katzen sind in der Tat gefährliche Biester.

Der Dackel

Zu dieser Zeit, damit meine ich die wuseligen 1980er, halten Wohngemeinschaften nicht ewig und so löst sich unsere Verergruppe nach eineinhalb Jahren auf. Vergeblich haben wir versucht, Probleme zu bewältigen, die sich unter Haushaltsführung und Putzplan zusammenfassen lassen, geben entsprechende Bemühungen endlich auf und trennen uns.
Hexe zieht mit mir um. Übergangsweise kommen wir bei Cordula unter, bis ich eine passende Bleibe für uns gefunden habe. Zum Einzug habe ich einen Strauß Blumen mitgebracht, der von Cordula sehr bewundert und von meiner Katze eingehend untersucht und beschnüffelt wird. Schließlich beißt sie sogar daran herum. – Lass das, Hexe! – Sie dreht ab und wird begrüßt von Flöhchen, Cordulas Zwergdackel. Es ist zwar nicht Liebe auf den ersten Blick, aber Kämpfe kommen auch keine auf. Hexe ignoriert den lustigen Kerl meistens. Schade eigentlich, denn an jedem Morgen hoppelt er mit flatternden Ohren und heraus schlabbernder Zunge quietschend auf uns zu, um uns zu begrüßen.

Er erklimmt nach einigen vergeblichen Versuchen und mit großer Anstrengung meine auf Holzpaletten liegende Matratze, auf der ich übernachte. Anschließend hopst er auf uns zu und möchte Hexe und mir ins Gesicht lecken. Zuneigung halt. Hexe wendet den Kopf zur Seite, richtet sich auf in Sitzposition und tritt elegant zur Seite – *Lass das!* – Doch Flöhchen hüpft immer weiter um sie herum und schleckt, bis sie ihm mit eingezogenen Krallen von oben zwischen die Ohren klopft. Sein Kopf poppt mit den Klopfern auf und ab. Flöhchen missversteht ihre Warnung als Aufforderung zum Spiel. Er umspringt sie jaulend weiter mit wedelndem Schwanz. – *Ganz wie du willst!* – macht sie einen Satz auf ihn zu, plumpst quer auf ihn drauf und bleibt da liegen. Nun ist Ruhe im Karton. Meine Katze bewegt sich nicht mehr. Unter ihr der Hund, flach auf dem Bauch, alle vier Beine von sich gestreckt, fiept leise. Immerhin hält er still. Nach einer Anstandsfrist stellt Hexe sich auf und schreitet über Flöhchen hinweg zum Frühstück in die Küche. Der Dackel stellt sich auf und hoppelt in Richtung Fressnapf hinterher. Das wäre geklärt.

Blümchen

Der Strauß beherrscht das ganze Zimmer, eine knallbunte Pracht: zum Geburtstag große Tulpen, unterschiedliche Formen, alle Farben, verzückt zupfe ich daran herum, in der großen ausladenden Vase auf dem Fußboden müssen sie richtig zur Geltung kommen! Ein prachtvoller Anblick! – *Was soll daran denn so toll sein* – umkreist Hexe die Vase, beschnuppert die Blumen, tappst mit der Pfote an die Blütenkelche, zieht einzelne Stängel heraus. – Lass das, Hexe! – stecke ich die Blumen wieder hinein. – *DURST! ICH VERDURSTE!* – schiebt sie ihren Kopf dazwischen und trinkt von dem Wasser. Ich hole frisches Wasser mit einer laut maunzenden Katze zwischen den Füßen: *Lass doch die blöden...*, Hexe! – rufe ich, doch mit einem Satz sitzt sie mir auf dem Fuß, das Wasser schwappt über, im Zimmer schwimmen einzelne Tulpen. – HEXE! VERDAMMT NOCHMAL! – Mit Eimer und Putzlappen bewaffnet wische ich auf, doch sie schnurrt mir um die Beine – *so sorry, keine Absicht!* – Von wegen!

Schnittblumen kann ich mir also schenken, ab jetzt nur noch Pflanzen im Topf. Vielleicht solche wie Cordulas

Lieblingsblumen, die kleinen Kakteen. Sehr niedlich: auf den Fensterbänken in dichter Reihe: Winzlingskakteechen in Minitöpfchen, entzückende Blütchen! Hexe schiebt sich daneben – *Was soll das denn Besonderes sein?* – Sie drückt neugierig ihre rosa Nase zu nah an die Stacheln, dann ist sie weg wie der Blitz. In der hintersten Ecke unter dem Sofa kämmt sie sich die Piekser aus der Nase.
Als ich nachmittags nach Hause komme, ist meine Katze nirgendwo zu finden. Nicht auf dem Balkon, nicht auf der Fensterbank – darunter: ramponiert, in Reih und Glied auf dem Teppich liegt Kaktus neben Kaktus, die Wurzeln sauber von Erde befreit, ausgebuddelt aus seinem Töpfchen, welches daneben liegt. Zwanzig Pflänzchen, die Blüten trocken, krümelige Erde verstreut. Hexe nicht zu finden. Das wird Cordula nicht witzig finden. – Mistkatze! – Ich sammle alles ein und setze jede Pflanze vorsichtig zurück in ihren Topf. Kaktee für Kaktee, etwas Erde dazu. Sie halten zwar, wackeln aber. Das muss ich beichten. Aus der hintersten Ecke unter dem Sofa kommt jetzt meine Hexe geschlichen. In gehörigem Abstand von mir entfernt setzt sie sich scheinheilig neben die Küchentür. – *Gibt es irgendein Problem?* – Tu bloß nicht so! Ich weiß genau, dass du das warst! – *Lächerlich!* – dreht sie ab und steuert laut miauend auf ihren Fressnapf in

der Küche zu. Ich gebe klein bei und füttere sie, denn: was soll ich machen, es ist Essenszeit.
Die Kakteen wackeln in den Töpfen, aber sie überleben. Dieses und das nächste Mal. Das Mal danach aber nicht mehr. Cordula und ich beschließen, dass ich meinen Kakteenersatzkauf verschiebe. Bis nach meinem Auszug.

Balkon

Auf Cordulas Balkon wachsen Ringelblumen und Ziergräser. Mithilfe ausladender Blumenkästen hat sie sich dort ein verwunschenes Gartenparadies geschaffen. Hexe liebt diesen Dschungel und beginnt die Blumen anzufressen, die Kästen dienen ihr als Liegewiese zum Sonnenbaden mit Ausguck auf die Geschehnisse im begrünten Innenhof. Die Ziergräser werden leider damit flach gebügelt. Übergangsweise hat es sich dort ausgegärtnert.
Eines Abends, als ich spät nach Hause komme, kann ich meine Katze nicht finden. Nicht in den üblichen Verstecken, nicht in Cordulas Zimmer, nicht in Küche oder Bad. Hat sie etwas angestellt, so dass sie in einem Geheimversteck wartet, bis sich die dicke Luft verzogen hat? Ich kann nichts entdecken: keine angefressenen Blumen, keine umgekippte Vase, nichts. Ich rufe, locke, raschle mit ihrem Lieblingsfutter, aber nichts passiert, sie bleibt verschwunden. Sie wird doch nicht vom Balkon gefallen sein? Schließlich sind wir im dritten Stock! Ich rufe ins Dunkel des Innenhofs herunter, rufe mehrmals und lausche..., war das ein Geräusch?

Ich locke wieder und wieder, versuche etwas zu sehen. Schließlich erkenne ich Umrisse im Dunkel, höre ein Fiepen. Nochmal rufen, war das ein Maunzen? Ich spurte die Treppe hinunter in den Hof, zum Glück ist er nicht asphaltiert, hier wächst Gras. Mit der Taschenlampe suche ich die Fläche ab, rufe, locke, lausche..., und tatsächlich, da schält sich etwas weiß und schwarz aus der Nacht, kommt zögernd auf mich zu. Vorsichtig stakst sie zunächst durch das hohe Gras – unverletzt! Dann nimmt sie Tempo auf und springt mir in den Arm und krallt sich fest. Überglücklich trage ich meine Katze nach oben. Sie hört an diesem Abend gar nicht mehr auf zu schnurren. Und die Blumenkästen auf dem Balkon lässt sie für die nächsten Wochen in Ruhe.

Freiheit

Seit heute leben Hexe und ich in einer großen Wohngemeinschaft, wir sind zu sechst, haben ein ganzes Haus für uns, teilen uns die große Küche, zwei Bäder und eine Dachterrasse! Für meine Katze ist immer jemand zuhause, der Streicheleinheiten und Futter verteilt, sie kann jederzeit von der Terrasse auf das Vordach der Haustür springen, von dort auf den Weg durch den Vorgarten in die Freiheit – und weg ist sie erst einmal. So beginnt sie ihre Touren, mal tags, mal nachts. Später dann von der großen Kastanie vor dem Haus springt sie zurück auf das Dach und durch die Fenster in den Dachschrägen wieder herein. Plumps! Macht es meist morgens um fünf – *Miauoooo! – da bin ich wieder!* – landet sie auf meiner Matratze, direkt unter einem der Fenster. Dann stakst sie schnurrend über die Bettdecke auf mein Gesicht zu, tritt fest auf dabei, damit ich auch deutlich merke, dass sie wieder da ist, und fährt mir mit ihrer kratzig-trockenen Zunge über die Wange. – *Hey, Aufwachen! Hunger!* – Dem gebe ich aber nicht nach! Ein paar Runden Milchtritt später ist sie schnurrend neben mir eingeschlafen.

Ihre Nächte müssen sehr angenehm sein, denn sie kommt unversehrt, manchmal mit tierischen Geschenken im Maul wieder zurück. – *Überraschung! Schau mal! Nur für Dich!* – legt sie mir etwas noch Flatterndes oder Flitzendes auf die Matratze. – OH! NEIN! HEXE! WEG DA! – jage ich das Raubtier von seinem Opfer und rette, was zu retten ist. Manchmal ist es tatsächlich noch zu retten, und ich entlasse den Vogel in die Freiheit. Laut miauend springt Hexe im Zimmer herum – *WO?WO?WO?WO?WO? Das kann doch nicht wahr sein!* – schließlich gibt sie auf und verlässt mit brennendem Blick auf mich mein Zimmer. – Ich weiß, ich bin ein undankbares Scheusal! –
Es dauert ungefähr eine Woche bis zehn Tage plus zwei Pakete Lieblingsfutter, bis sie sich wieder von mir streicheln lässt. Eine weitere Woche dauert es, bis sie sich wieder auf meinem Schoß zusammenrollt und schnurrt. Dann hat sie es vergessen. Bis zum nächsten Mal.

Fast erwischt

Eines Nachts fällt Hexe zu ungewöhnlicher Zeit auf meine Bettdecke. Sie knickt seitlich um und bleibt liegen. Sie rührt sich nicht, sondern liegt mit halb geschlossenen Augen auf einer Seite. Ich sehe keine Verletzung, die Gliedmaßen scheinen in Ordnung zu sein. Doch was immer ich auch tue, um sie in Bewegung zu bringen, nichts hilft. Sie steht nicht auf. Dann sehe ich das Blut, es kommt aus dem After. Es ist circa 24 Uhr und es sieht so aus, als wenn sie mir hier und jetzt vor den Augen wegstirbt. Meine Mitbewohnerin Andy ist noch wach und sofort bereit, mit mir und der Katze zum Nottierarzt zu fahren.
Die bewegungslose Katze in ein Handtuch gewickelt, fahren wir die holprige Strecke bis zur Hauptstraße und dann noch eine halbe Stunde bis in die Stadtmitte. Der Arzt ist deutlich genervt wegen der späten Störung, verpasst ihr eine Spritze zu extrem hohem Notarzttarif und murmelt übellaunig etwas von verdorbenem Magen, Durchfall und etwas Falsches gefressen. Morgen früh sei sie wieder die alte.
Wir fahren zurück und die Nacht über bin ich neben

ihr. Ihr Zustand verschlechtert sich zusehends. Die rosa Nase wird grau, dann farblos, die Augen öffnet sie überhaupt nicht mehr. Sie atmet kaum sichtbar. Wir beschließen am Morgen zu einer anderen Tierärztin zu fahren, um doch noch Hilfe zu finden, obwohl wir fast schon nicht mehr daran glauben. Die Ärztin arbeitet sehr genau, will Fieber messen und zieht ein blutverschmiertes Thermometer wieder aus dem After heraus. Sie ist sich sicher: der Darm ist sehr verletzt, entweder durch mechanischen Einfluss – es könnte ein Unfall mit einem Auto gewesen sein – oder Gift, welches ihr nun die Innereien verätzt. Sie gibt ihr eine weitere Spritze und Tropfen, die ich ihr verabreichen soll. Sie kann mir keine großen Hoffnungen machen: die nächsten zwei Tage werden zeigen, ob sie das überlebt. Sie muss trinken, flößen Sie ihr tropfenweise Wasser ein, dann hat sie eine Chance.
Die nächsten Tage und Nächte bin ich immer bei ihr, schiebe vorsichtig die Pipette zwischen ihre Zähne. Nach einiger Zeit beginnt sie, die Tropfen zu schlucken. Erst nur einzelne, dann mehr und mehr, während ich ermutigend, schmeichelnd, bittend auf sie einrede. Nach und nach kommt wieder Leben in sie zurück, sie öffnet die Augen, bewegt den Kopf. Nach zwei weiteren Tagen bewegt sie die Vorderbeine, nach einer Woche versucht sie aufzustehen, kippt aber noch um.

Dann, eines Tages steht sie, geht sie, frisst wieder von selbst, doch ihr Bauch schwillt sehr an, wird immer dicker und fester. Ich streiche ihr weißes Bauchfell gegen den Strich und sehe: die Haut des gesamten Bauches darunter ist blau und rot. Doch Hexe scheint keine Schmerzen mehr zu haben, benimmt sich fast wieder so wie früher. Doch schreckhafter ist sie geworden, geht nicht mehr unbekümmert neugierig auf fremde Menschen zu. Die Tierärztin erklärt, die Blaufärbung des Bauches weist hin auf das ausgetretene Blut im Bauchraum, welches sich nun langsam wieder abbaut. Und tatsächlich, nach einigen Wochen bildet sich der dicke Bauch zurück und die Farbe unter dem Fell normalisiert sich zu ihrem eigenen hellen Rosa. Da sind wir noch einmal davongekommen.

Türklinken

Drei Jahre später jagt Hexe imaginäre Mäuse durch die gesamte Wohnung. Zischt von Küche zu Flur zu Badezimmer, quer rüber in meine beiden Zimmer, im Zickzack von einer Ecke in die nächste, dann wieder zurück und durch die Küche in Andys zwei Zimmer, dort dasselbe Spiel. Anschließend macht sie Pause und legt sich in einen der Blumenkästen auf dem Balkon. Solche Anfälle dauern ungefähr fünf Minuten, sie kompensiert damit, dass wir nun in einer kleineren Wohnung leben und sie leider nicht mehr nachts auf Abenteuersuche gehen kann. Viel zu viel Autoverkehr. Immerhin hat sie den Balkon, von dem aus sie den Innenhof und die gegenüber liegenden Wohnungen kontrolliert: da schleicht der dicke getigerte Kater auf dem Sims, mit dem sie sich Blickduelle liefert, da knurrt der alte Jagdhund von schräg oben, den sie so lange anstarrt, bis er wütend anfängt zu bellen... und da sitzt die nette alte Dame von unten in ihrem Sessel. Sie ruft meine Katze, sobald sie sie erblickt, obwohl Hexe sie vollständig ignoriert – *Kapiert die denn nicht, dass ich hier nicht wegkomme? Ist die blöd!* – verlässt Hexe den Balkon, kommt zu mir oder zischt stattdessen einigen Pfeifenreinigern hinterher. Schnurrend schläft sie abends auf meinem Kopfkissen ein und weckt mich morgens, wenn sie frühstücken will mit einem weichen Tapsen auf die Nase. Unerträglich ist für sie aber, wenn irgendeine Tür einmal nicht offensteht und sie so nicht JEDERZEIT überall hineinspazieren kann. Laut miauend protestiert sie dann unermüdlich vor der jeweiligen Tür. Die meisten bleiben daher offen: die zum Bad, (das Katzenklo), die zur Küche, (die Futternäpfe), die zu meinem Zimmer, (die kuscheligen Ecken) und selbst Andy lässt die Tür zu ihrem Zimmer offen. Des Nachts möchte Andy aber keinen Katzenbesuch. – *Was soll denn das? Miau!* – Laut maunzend protestiert Hexe ausdauernd vor der geschlossenen Tür. Wir stellen unsere Ohren auf Durchzug, bis es laut rumpelt und plumpst: Hexe springt auf die Klinke, ruckelt daran herum und mit einem feinen Klack öffnet sich die Tür. Meine Katze springt von der Klinke, zieht mit der Pfote die Tür auf und spaziert schnurstracks ins Zimmer. – OH, NEIN, HEXE! DENKSTE! – Andy nimmt sie auf, trägt sie zurück in die Küche und schließt die Tür erneut. Doch ein kurzes lautes *MIAOOUUUU!* – ein Sprung auf die Klinke und Hexe ist im Zimmer. Andy und ich sind uns einig: solch eigenmächtiges Verhalten können wir nicht dulden! Wir schrauben die Klinke ab und bauen sie verkehrt herum ein, so dass sie nach oben weist. Nun kann sie nicht mehr einfach darauf springen und sie herunterdrücken. Die hereinbrechende Nacht wird tonal begleitet von wiederholtem Rumsen und Plumpsen, welches ich mit Genugtuung beim Einschlafen registriere, denn es bedeutet, dass Hexe ständig versucht, die Tür zu öffnen, es aber nicht schafft! Diesmal sind wir schlauer! Und mich überkommt der Schlaf der Gerechten. Doch am nächsten Morgen steht Andys Tür wieder offen, die Katze selbst liegt bei mir. – *War doch klar, dass mich das nicht aufhält!* – Hexe wirkt sehr selbstzufrieden und ausgeglichen. Wir wollen das sehen und schließen Andys Tür. – *Was soll denn das schon wieder!* – Sitzt Hexe wieder maunzend davor und schaut abwechselnd zu Andy, mir und der Tür. – *MACHT AUF!* – Nichts da. Jetzt wollen wir wissen, ob sie tatsächlich…, – und Sprung! An die Klinke! Mit der rechten Vorderpfote umgreift sie die senkrecht stehende Klinke, mit der linken Vorder- und Hinterpfote stemmt sie sich gegen den Türrahmen. Sie drückt damit gegen den Rahmen und zerrt mit der rechten Vorderpfote die Klinke so lange hin und her, bis die Tür aufspringt. Sie lässt sich auf den Boden fallen und verschwindet, sich elegant zwischen Rahmen und Tür windend, schwups, wieder in Andys Zimmer, kein Blick zurück auf uns.

Kühlschrank!

Als ich die Küche betrete, um mir einen Kaffee zu machen, schaut mir das Hinterteil meiner Katze mit hin und her schweifendem Schwanz aus dem Kühlschrank heraus entgegen! Rechts und links neben ihr auf dem Boden: eingeschweißter Käse, die noch nicht geöffnete Milchtüte und ein Joghurtglas. Sie wühlt nach dem Schwarzwälder Schinken! – Hexe, sofort raus da! – rufe ich, schnappe sie mir, setze sie unsanft auf dem Boden ab und räume schimpfend alles wieder ein. – *Gute Güte! Jetzt hab dich doch nicht so!* – maunzend schleicht sie mir um die Hände während ich räume, und versucht an mir vorbei in Richtung Schinken zu klettern. Ich wusste noch gar nicht, dass sie auch den Kühlschrank öffnen kann. Das hat sie doch sonst noch nie gemacht, oder? Oh doch! – sagt Andy, das macht sie manchmal aus Langeweile, sie öffnet die Tür nur mal eben so im Vorbeistreifen: Ein einfaches Ziehen mit der Pfote, ein leises Schmatzen, ZACK! – der magnetische Verschluss gibt nach und der Schrank ist offen. Ich schaue mir das genauer an: Tatsächlich, es ist ganz einfach und sie braucht nicht besonders viel

Kraft – der alte No-Name-Second-Hand-Kühlschrank hat keine Chance gegen sie. – Zum Glück ist sie wählerisch, meint Andy, wenn nur Obst, Gemüse, Butter, Milch oder Käse im Kühlschrank sind, holt sie nichts heraus, sondern geht an der geöffneten Tür vorbei und weiter. Ich verstehe: gefährlich wird es für unsere Ernährungssituation erst, wenn rohes Fleisch, Fische oder Schinken darin duften. Wie sie das durch die geschossene Tür riecht, ist mir schleierhaft. Aber dann hält sie nichts mehr.

Also müssen wir wieder eine Lösung finden, denn das geht natürlich nicht, dass sie uns alles wegfrisst, was ihr passt! Zum Glück gibt es dieses stark haftende Textilklebeband! Mit vier solcher Streifen fixieren wir nach unserem Einkauf – im Kühlschrank liegen nun geräucherte Forellen! – die Kühlschranktür mit dem Kühlschrankkörper. Wir ruckeln selbst an der Tür herum, um sicher zu gehen, dass die Streifen auch heftigem Gezerre standhalten. Sie halten stand! Einigermaßen beruhigt ziehen wir los, um die restlichen Einkäufe zu machen, denn die vor uns liegenden Feiertage drängen zu guter Vorratshaltung.

Bepackt mit Tüten und Taschen betreten wir die Küche. Die Kühlschranktür ist weit offen, der Schrankinhalt liegt verstreut auf dem Boden. Das heißt, nur die Dinge, die sich zwischen Hexe und den Forellen befanden. Die sind ebenso verschwunden wie die Katze selbst. Aus Erfahrung wissen wir, es ist völlig sinnlos sie nun zu suchen. In solchen Fällen ist sie nirgends, aber auch NIRGENDS aufzutreiben. Wie hat sie das jetzt geschafft? Bei genauer Untersuchung des Tatorts stellt sich heraus: sie hat jeden einzelnen der vier Klebestreifen genau an der Stelle zwischen Tür und Schrank, an der ein kleiner Hohlraum ist, fein säuberlich zerkratzt und zernagt. Aus eins mach zwei, so konnten sie ja nicht halten. Bei allem Ärger muss ich feststellen: keine schlechte Arbeit. O.k., Zeit für einen Plan B.

Nach erneutem Forellenkauf bringe ich die doppelte Menge an Klebestreifen an, in der Hoffnung, dass ihr einfach die Menge an Arbeit zu viel wird. Anschließend verbarrikadiere ich den Kühlschrank mit einem Stuhl. So sollte unser Mittagessen für den nächsten Tag gesichert sein. Doch am nächsten Morgen ist der Stuhl weit vom Kühlschrank fortgezogen, alle acht Streifen zerkratzt, zernagt, zerfetzt, die Forellen aufgefressen, Lebensmittel liegen auf dem Küchenboden verstreut, die Katze unauffindbar – liegt mit vollem Bauch in einem ihrer Verstecke und schläft. Wenn sie da wieder herauskommt, weiß sie von nichts mehr, ist ja klar. Vielleicht hält sie das Ganze für eine Prüfung oder eine Art Intelligenztest, den sie immer bestehen will? Oder sie will einfach nur die Forellen fressen. Uns bleiben Kartoffeln mit Salat. O.k., Plan C. Das heißt: Wir kommen um die Wahrheit nicht mehr herum. Die einzige Möglichkeit Hexe vom Leeren des Kühlschranks abzuhalten, ist, ihn mit einem schweren Gegenstand so zu verkanten, dass sie den einfach nicht wegzerren kann. Zur Wahl stehen der alte massive Holzküchenschrank, den ich noch von meiner Oma habe oder der große schwere Esstisch, der die halbe Küchenlänge einnimmt. Die Entscheidung fällt zugunsten des Tisches, er ist leichter zu bewegen. Wir schieben und zerren den Tisch durch das Zimmer bis zum Kühlschrank und haben gewonnen. Den kriegt sie nicht weg. Zwar sieht an diesen speziellen Tagen die Küche etwas ungewöhnlich aus, der Holztisch steht quer im Raum und versperrt den Durchgang zu Andys Zimmer. Sie muss dann leider unter dem Tisch durch, aber, er hält die Kühlschranktür verlässlich zu. Zum Glück ist Hexe ja nur selten ernsthaft am Kühlschrankinhalt interessiert.

Silvester

Es ist Silvesterabend und die Katze muss die Knallerei heute allein durchstehen, was sie aber noch nicht ahnt. Sie mault und miaut uns zwischen den Beinen, Armen und Füßen herum, während wir schon den ganzen Nachmittag schnippeln, kochen und backen. Zu einer feuchtfröhlichen „Mitbringparty“ eingeladen, müssen wir uns mit unseren Salaten, Pasten und Broten beeilen. Hexe schlängelt sich laut maunzend an die Schüsseln heran – *Thunfisch, das ist doch Thunfisch!* – Weg da, Hexe! – *Wie gemeingemeingemeingemein!* – Ist ja gut, knicke ich schließlich ein und gebe ihr etwas von dem, der später noch in den Salat soll. – *Hey, mehr!* – klemmt sie jetzt zwischen Thunfisch und Arm – später Hexe, später!

Endlich drängen wir uns, eingepackt in dicke Mäntel, Mützen, Handschuhe im Flur, schleppen den Proviant in Richtung Treppenhaus, während das Miauen einen immer schrilleren Tonfall annimmt. Dass wir mit den Leckereien verschwinden wollen, ist ihr wohl gerade erst klar geworden und sie steht buchstäblich auf unseren Füßen! – *Hiergeblieben! Ich verhungere!* –

Die Nachbarin klopft an die Tür und fragt, ob wir dem Tier etwas antun? Nein, alles in Ordnung, sie ist nur sauer, weil wir weggehen. Ach so, na dann, die Nachbarin schaut mich durchdringend an, als würde sie an meinem Verstand zweifeln und verschwindet hinter ihrer Wohnungstür. Hexe klemmt inzwischen im Türspalt und schreit, als würde sie umgebracht. – Du bleibst jetzt hier! – Schiebe ich sie zurück und KLAPP! – geschafft, die Wohnungstür ist zu. Doch im selben Moment höre ich ein Rasseln und Klimpern im Schloss. Oh nein, der Schlüssel steckt. Von innen. Schockstarr schauen wir uns an: was nun? Von drinnen miaut Hexe. – *Kommt wieder her! Kommt rein!* – Mit einem Schlüssel hantieren wir am Schloss herum und versuchen den anderen Schlüssel nach innen und aus dem Schloss heraus zu drücken. Ohne Erfolg, Hexe maunzt weiter. Sie geht uns ganz schön auf die Nerven. Wir stochern und stechen, doch das Ding steckt quer und rührt sich keinen Millimeter. Rufen wir den Schlüsseldienst? Wir ruckeln und drücken an der Tür, doch es bewegt sich nichts. Hexe schreit immer lauter. Inzwischen ist auch die Nachbarin wieder mit von der Partie und beäugt uns misstrauisch.
Ich rufe: Hexe spring! Spring auf die Klinke! – *Miauu!* – Mach schon! – hüpf, spring! – *MIAAAUUUU!* – Ja, mach schon Hexe! Spring, spring!

Die Nachbarin grinst und tippt sich an die Stirn.
Das habe ich gesehen!
Tu uns den Gefallen, liebe tolle Katze, rufe ich mit neuer Kraft, spring! – *MIAAAUUUU!* – macht es. RUMMS! Und KLACK! Die Tür springt auf! – *MIAUUUU! Ich bin die Beste! Größte!* – schreit sie, und wir: Ja! Du bist die Beste! Größte!
Ich hebe meine Katze hoch und halte sie der Nachbarin unter die Nase, die vor Staunen erst gar nichts mehr sagen kann. Dann sagt sie: Nein, so etwas! – und verschwindet hinter ihrer Wohnungstür.
Thunfisch! – miaut Hexe.
Und wieder stehen wir schwitzend in dem engen Flur. Doch diesmal schimpfen wir nicht, sondern herzen, streicheln und loben ununterbrochen, so froh sind wir, dass Hexe uns aus diesem Schlamassel gerettet hat. Klügste Katze der Welt! Bestes Kätzchen! Hexe, wie klug! – *O.k., o.k., reicht* – springt sie in die Küche und setzt sich vor den mit Tisch verkanteten Kühlschrank. Hypnotisiert ihn und blickt uns zwischendurch auffordernd an. – *Ich rieche Leberwurst, Sahne, Hühnerbrust!* – In Ordnung, Königin Katze, sollst du haben! – *Ohne mich wärt ihr aufgeschmissen!* – Leckt sie sich später ausführlich die Schlagsahne aus den Schnurrhaaren. Schließlich landet sie mit einem eleganten Sprung auf meinem Kopfkisten und rollt sich ein. Ein

winziger Rülpser verbreitet gemischte Düfte. Hexe schnurrt: *Was ist? Wolltet ihr nicht los?* – Kleinlaut sammeln wir die Salate wieder zusammen. *PRRRRRRRRRT!* – macht Hexe – *Und nehmt diesmal den Schlüssel mit!* – Wir verlassen die Wohnung, Hexe schnarcht schon leise, tja, manchmal sind sie doch sehr nützlich, solche Haustiger.

ZOSCH!

Als ich aus meinem Zimmer komme, gerade die Schwelle zur Küche betreten will, rast sie wie ein geölter Blitz haarscharf vor meine Füße und quer vorbei, duckt sich in den hintersten Küchenwinkel und wartet – *Fang mich, wenn du kannst!* – Ich ignoriere das erst einmal, ich muss noch einen Artikel schreiben, und gehe zum Küchentisch, es ist Zeit für einen Muntermacher-Kaffee, aber – ZOSCH! – schießt sie wieder quer über meine Füße, fast wäre ich gestolpert, und sprintet in die entgegengesetzte Ecke des Raums. – *Komm schon!* – so geht das noch zwei Mal, bis ich mich geschlagen gebe, und sie durch die Wohnung jage. Sie lauert hinter jeder Tür, in der nächsten Zimmerecke – *na, du lahme Ente!* – bis ich irgendwann erschöpft in den Sessel falle und sie sich zu einem Schläfchen zusammenrollt. Jetzt darf ich an den Schreibtisch.

Jagden wie diese veranstaltet sie auch nachts. Aus tiefstem Schlummer weckt mich eines morgens um halb drei ein lautes Gerumpel: Hexe zischt im Zimmer herum und wirft dabei einen Hocker samt Bücherstapel um. Dann springt sie in die nächste Ecke, verfolgt die unsichtbare Maus quer durchs Zimmer, hüpft auf meine Bettdecke und bleibt, den Blick wild entschlossen auf die neben mir stehenden Bücherstapel gerichtet, auf meinem Bauch sitzen. Hier ist keine Maus! – sage ich und schiebe sie beiseite, geh weg, geh schlafen! – *Hier ist wohl eine Maus!* – springt sie zurück. – Nein, Hexe, wirklich, bitte! – Ich bin hundemüde. – *Und hier ist doch die Maus!* – starrt sie meine Bücher an. Es hat keinen Sinn, ich muss das Regal leerräumen, sonst ist die Nacht für mich vorbei. Also nehme ich Stapel für Stapel die Bücher heraus – siehst du, hier ist keine Maus. Nächster Stapel – und hier ist auch keine Maus. – *Aber dahinter ist die Maus!* – Und hier, Hexe: wieder keine Maus – und der nächste Stapel: keine Maus und der nächste Stapel, und der letzte Stapel, und – OH, MY GAWD – hinter dem letzten Stapel – ganz in der Ecke an die Wand gepresst – eine winzig kleine Maus! Die Ärmste! Mit einem Sprung ist die Katze bei ihr und hat sie quer im Maul. Mit einem spitzen Schrei sprinte ich auf die Katze los, die vor Schreck die Maus wieder fallenlässt. Ich jage Hexe aus dem Zimmer, verschließe die Tür und schaue nach der Maus. Doch es ist zu spät: sie ist sozusagen mausetot. Ich sehe an ihr keine Verletzung, also, entweder hat Hexe ihr das Genick gebrochen oder sie ist vor Schreck an einem Herzinfarkt gestorben. Wenigstens ging es schnell. Hexe sicher weggesperrt, wickle ich das tote Tier in Papier und entsorge es in einer Plastiktüte in den Mülleimer im Hof. Jetzt darf Hexe wieder ins Zimmer. An Schlaf ist nicht mehr zu denken, laut miauend sucht die Katze für den Rest der Nacht die Maus. Sucht wieder jeden Winkel ab, den sie zuvor durchlaufen hat. Ich mache mir inzwischen einen Kaffee und lese in der Küche die eingetroffene Morgenzeitung. Meine Katze hat zu tun und ist sehr nachtragend: während der nächsten zehn Tage dreht mir Hexe, jeweils nach einem vernichtenden Blick, nur noch ihre schwarzweiße und jetzt ziemlich kalte Rückseite zu.

Kohlenkeller

Unsere Altbauwohnung im zweiten Stock wird mit Kohle beheizt. Im Winter besteht daher ein Teil meiner körperlichen Ertüchtigung im Gang hinunter in den Hof, um die Asche in den dafür vorgesehenen Eimer zu schütten und neue Briketts oder Eierkohlen zu holen. Hexe klemmt sich zwischen meine Füße – *Ich auch, ich auch!* – O.k., Hexe, so komm halt mit, in den Hausflur, die Treppen herunter, in den Hof und weiter in den Keller. Und anschließend mit zwei vollen Briketteimern wieder die drei Treppen hoch in die Wohnung. Hexe ist nicht zu sehen. Hexe! Jetzt komm schon! – *Was? Jetzt schon? Ist gerade so spannend* – guckt sie um die Ecke vom Nachbarkeller. Und schwups! – verschwindet sie wieder. Ich hinterher. – *Such mich doch!* – Ich erwische sie, als sie gerade in den nächsten Nachbarkeller huschen will, wo sie Mäuse, Spinnen, und was weiß ich, hinterherjagen kann. Das ist jetzt eine Extraaufgabe, in beiden Händen Kohleeimer und unter dem Arm eine Katze, die sich wehrt, stiefele ich die Treppen hoch. Geschafft! Das nächste Mal überlege ich mir genau, ob ich dich nochmal mitnehme oder nicht! – *Spaßbremse!* – Laut

beklagt sich Hexe und zieht beleidigt in Andys Zimmer ab.
Ich versorge die Öfen, und als es wärmer im Zimmer wird, setze ich mich an meine Arbeit. Einen Artikel habe ich noch zu schreiben und nutze das Beleidigtsein meiner Katze zur ungestörten Arbeit am Computer. Normalerweise versucht sie, mich davon abzubringen und besetzt die Tastatur, jetzt ist nichts von ihr zu sehen. Also, nichts wie ran an die Arbeit!
Nach einer Weile spüre ich einen unangenehmen Luftzug im Nacken. Ich stehe auf und schaue nach, woher dieser Wind weht. Im Flur sehe ich, dass ich – voll bepackt wie ich war – wohl vergessen hatte die Tür richtig zu schließen. Also, Türe zu und weiter geht's.
Die Zeit fliegt, während ich schreibe und versuche, mir für die trockenen Daten und Fakten einigermaßen verdauliche Formulierungen zu überlegen. Es soll zwar wissenschaftlich fundiert sein, aber nicht nach Wissenschaft klingen, sonst liest es keiner.
Entfernt höre ich ein Maunzen. Ein Maunzen? Ich schaue in Andys Zimmer, die Katze ist nicht da. Wie lange schon? Ich rufe, suche sie überall in der Wohnung, ich höre sie, doch das Maunzen kommt von draußen, von vor der Wohnungstür! Ich öffne, vor mir sitzt eine schwarze Halloween-Böse-Hexe-Mütze und maunzt! Über und über mit klebrigen Spinnweben

bedeckt und Kohlestaub gepudert fordert meine Katze: *Ja wird's denn bald! Hört mich denn hier keiner?* – und strebt in Richtung Futternapf. Aber so nicht! Von den Ohrspitzen bis zu den Krallen schwarz, die Spinnwebfäden hinter sich herziehend, die überall im Fell kleben, das tut mir leid, aber das geht jetzt nicht. Du musst erst unter die Dusche! Sie strampelt und wehrt sich, hält aber die Krallen drin, windet sich, aber alles umsonst. Ihr Protest wird zunehmend jämmerlicher, was anfing wie ein Berserkerschreien verändert sich zu kläglichem Kätzchengemaunz. – *Muss es denn wirklich, wirklich sein?* – Ja, meine Liebe, es muss, es muss! – Ich rede beruhigend auf sie ein, während ich sie mit lauwarmem Wasser übergieße, ihr Fell klebt nass am Körper und verleiht ihr eine unglaublich klägliche, dürre Gestalt, dazu das Jammergemaunz, es ist zum Steinerweichen. Es geht nicht anders. Das Shampoo riecht eklig in ihrer Nase, der Kohlenstaub ist fettig und geht sonst nicht ab. – *Ich sterbe, ganz bestimmt sterbe ich, jetzt!* – Nein, Hexchen, gleich ist es geschafft – spüle ich ihr die Seife aus dem Fell und wickle sie in ein dickes Handtuch. Still vor Schock sitzt sie nun da. Ich trockne noch eine Weile an ihr herum, zum Glück ist die Wohnung schön warm, halte sie aber vom Ofen fern, weil sie sich sonst in die Asche legt, die sich immer wieder davor ausbreitet.

Endlich beginnt sie, sich selbst trocken zu putzen, angewidert vom Shampoo-Geschmack schüttelt sie sich. Ich spendiere etwas Thunfisch, was hilft. Schließlich ist sie von dem ganzen Theater so müde, dass sie während des Putzens mit noch ausgestreckter Putzzunge einschläft.

In Nachhinein wird mir klar: ich hatte mitnichten vergessen die Tür zu schließen. Ich hatte nur nicht extra abgeschlossen.

Donau und Wellen

Larissa hat Geburtstag. Die Temperatur steigt auf 37 Grad, selten hatten wir einen so heißen Sommer. Es ist unerträglich draußen, an den Hauswänden vibriert die Luft, nachts atmen sie die Hitze weiter aus. Meine Katze liegt platt auf dem Bauch auf der kühlsten Stelle der Wohnung: der Duschwanne im Bad, selbst auf die Gefahr hin, dass es ab und zu tropft!
Ausgerechnet Donauwellen! Warum nur, warum hab' ich ihr zum Geburtstag selbstgemachte Donauwellen versprochen? Schon beim Gedanken an die Planung werden meine Finger nass, wieso schwitzen Finger? Da dudelt das Küchenradio – *hot town, summer in the city* – was brauche ich? Der Kühlschrank ist leer – komm sofort wieder da raus, es ist kein Kühlraum für Katzen! Nein, auch nicht bei der Hitze. – *Spaßbremse!* – miaut sie. In Zeitlupe mit leidendem Blick schleicht sie zurück ins Bad. Ich verstehe: wenn sie jetzt vor Hitze stirbt, bin ich dran schuld.
Dafür habe ich aber keine Zeit: Einkauf muss sein! Schwups, kommt sie um die Ecke.
Nein, du bleibst hier, und läufst nicht in den Kohlenkeller.

In der geöffneten Haustür trifft mich der Schwall heißer Luft wie eine Wand. Tief atmen jetzt besser nicht, links herum geht es in den Supermarkt mit den Schattenmorellen. Die Kopfhaut brutzelt an den Haarwurzeln – *walking on the sidewalk* – dudelt es im Kopf weiter. Wundervolle Kühle im Geschäft, die Klimaanlage bringt volle Leistung. Also: Kirschen im Glas, Butter, Eier, Backpulver, Kakao. Mein durchgeschwitztes Sommerkleid wird kalt, Gänsehaut der unangenehmen Art; es fehlt noch Puddingpulver und Schokolade – *cool cat, looking for a kitty* – dieser Ohrwurm!
Draußen schlägt die Hitze zu, so muss sich ein Eiswürfel fühlen, wenn er in den Espresso plumpst. Bis zuhause wieder schweißnass – *MIAUUUU! VERDURSTE HIER!* – empfängt mich die Katze, also erst einmal Wasser in den Napf.
Dann geht es los: Der Teig! Mein Haushalt ohne Maschinen erfordert vollen Körpereinsatz. Rühren rechtsrum, linksrum, die Eier, Butter, Mehl, Katzenpfoten... KATZENPFOTENABDRÜCKE?... im Mehl auf dem Tisch? – *Interessiere mich bloß!* – Du bleibst jetzt da unten, verstanden?
Katze liebt die Butter, verträgt sie aber nicht. Endlich zeigt der Teig die richtige Konsistenz, wird geteilt, Kakao versenkt. Inzwischen sitzt Hexe betont harmlos

auf dem Stuhl vor dem Tisch und fixiert die Zutaten. Ihr Kinn, locker auf der Tischplatte abgelegt, schiebt sich Millimeter für Millimeter Richtung Butterdose. Hexe! – *Was ist? Ich guck doch nur!* – Ich gieße dunkel-helle Schichten übereinander, versenke Schattenmorellen in hoffentlich gleichmäßigem Abstand in den Teig. Mist! Daneben! Zack schießt die Pfote auf die Kirsche zu. Lass die liegen, die magst du sowieso nicht! – *Ich riech nur dran, pfui, eklig* – wendet sie sich ab. Ich habe es dir ja gleich gesagt!

Jetzt das Backblech in den vorgeheizten – vorgeheizten? – o.k., o.k. mach ich ja.

Bei 40 Grad in der Küche hat sich Hexe wieder ins Bad verzogen.

Und ab in den Ofen das Blech!

Teigreste kleben überall, an bloßen Armen und Beinen, es rinnt der Schweiß, Haare verklebt, Zutaten auf der Haut, im Gesicht Zucker und Kakao. Es fehlt die Puddingcreme! Also erst den Vanillepudding, Butter drunter, klappt ja, sieh da, sieh da, die Katze ist da! Bleib da unten! – *MAUNZ! Nur ein winziges, winziges...* – Nix da!

Kuchen aus dem Ofen holen, abkühlen lassen, ABKÜHLEN? – wo denn bitte, das Backblech passt nicht in den Kühlschrank! Ab ins Schlafzimmer damit, in der Zwischenzeit die Schokolade schmelzen – komm

aus dem Kühlschrank, Hexe! – Hol ich sie da raus – *Spaßbremse!* – zieht sie sich zurück.
So, über den Teig nun die kalte Puddingcreme, über die Creme die heiße geschmolzene Schokolade, dann wieder KALTSTELLEN, HAHAHA! Diesmal in Andys Zimmer, vielleicht ist es da ein Grad weniger – und Ruhe im Karton. Ich muss jetzt duschen, umziehen, mich halbwegs menschenähnlich machen. Es wird Zeit, die Feier hat schon angefangen. Also her mit dem Kuchen, die Schokolade noch halbwegs geschmolzen, die Ecken verziert mit Abdrücken von Katzenpfötchen. Wunderhübsch.
Herzlichen Glückwunsch zum Geburtstag, Larissa! Katze, wenn ich dich erwische!

Muscheltopf

Eines der schönsten Möbelstücke, die ich mit in die WG eingebracht habe, ist der alte Küchenschrank meiner Oma. Er ist so ungeheuer vielseitig: neben seiner oberen Hälfte mit den Glasfenstern, in die Tassen, Teller und Gläser passen und seiner zwei großen Fächer unten, hat er an der linken Seite einen schmalen hohen Abstellraum, der sich über fast die gesamte Höhe des Schranks erstreckt und so Platz für Besen, Schrubber und dergleichen bietet. Darüber gibt es sogar noch ein schmaleres Extrafach. Hier werden Gegenstände aufbewahrt, die wir selten benutzen – und Dinge, an die die Katze auf keinen Fall herankommen soll. Daher steht dort ganz oben, und auch für uns nur auf Zehenspitzen stehend erreichbar, der große, alte verbeulte Muscheltopf als Hindernis vor der Pappschachtel mit Leckerlis: hartes, festes Trockenfutter. Da kommt sie nicht ran. Wenn sie Lust auf die Dinger hat, streicht sie mir um Füße und Beine – *komm mit!* – in Richtung Schrank. Ich komme meistens mit. Sie setzt sich vor die Schranktür, fixiert abwechselnd den oberen Teil und mich, hin und her – *Jetzt mach doch schon!* –

und ich mach dann: öffne den Schrank, ziehe, auf Zehenspitzen, erst den Muscheltopf heraus, dann die dahinterstehende Schachtel, meine Katze beobachtet alles ganz genau und merkt sich das.
Eines Nachts werde ich wach und höre ein wildes Gerenne und Gerumpel. Hexe hat wieder ihre fünf Minuten und jagt imaginäre Mäuse, denke ich, oder auch echte, wer weiß. Diesmal ist es besonders laut, aber ich beschließe, einfach darüber hinweg zu schlafen. Ich klemme mir das Kissen fest über die Ohren und sacke wieder in den Schlaf.
Als ich am nächsten Morgen in die Küche will, klemmt die Tür. Ich ruckle hin und her, schließlich gibt sie unter Geschepper nach. Die Tür war mit Besen, Schrubber und Muscheltopf verklemmt und hatte den Eingang behindert. Alles liegt nun auf dem Boden, außerdem kollert da der Putzeimer, liegen Lappen herum und in der Mitte auf dem Küchenboden ruht die an verschiedenen Stellen aufgerissene Schachtel Trockenfutter, halbleer. Jede Menge von den Dingern sind in der Küche verstreut. Meine Katze wieder nirgendwo zu finden. Wie hat sie das nun wieder geschafft? Andy und ich rekonstruieren detektivisch: sie muss vom Herd aus hoch auf das Schrankdach gesprungen sein (vom Boden aus hätte sie es nie geschafft). Von oben hat sie, unter sich greifend, die Tür

aufgebogen und den Muscheltopf herausgezogen. Anschließend hat sie sich von dort in das Fach hinein geschlängelt und die Schachtel herausgedrückt. Dann ist sie hinterher gesprungen und hat dabei Besen, Schrubber und Eimer mitgerissen. Das ist die einzige Erklärung, die wir haben. – Oder sie kann Telekinese.

Der Schreibtisch

Morgens nach meinem Frühstück und der Fütterung des Raubtiers beginnt mein Arbeitstag. Hexe wartet immer, bis ich mich am Schreibtisch etabliert habe, um mich dann mit Sprüngen auf die Tischplatte und Herumwälzen auf notwendigen Papierstapeln vom Arbeiten abzuhalten. Heute jedoch ist sie schon ins Arbeitszimmer voran gelaufen. Dort finde ich die geöffnete Schreibtischschublade vor, auf dem Teppich liegt der Inhalt verstreut, durcheinander die heraus gewühlten Stifte, Heftklammern und vor allem: die neue, jetzt aufgerissene Packung Pfeifenreiniger, die als Vorrat dort gelagert war. Einzelne Stäbchen hat sie aus der Packung herausgezogen und schon vorgekaut, zu kleinen verbogenen Kringeln!

Hexe sitzt daneben und blickt von Stäbchen zu mir und von mir zu Stäbchen – *wirf sie! wirf sie!* – Musste

das sein! – schimpfe ich und beginne meine Habseligkeiten einzusammeln, während sie mir zwischen den Händen herumstreicht und mit ihrem Kopf meine Knie stupst – *mach doch, bitte!* – Als ich alles wieder in die Schublade verstaut habe, hat sie mich auch schon weich gekriegt und ich werfe den Kringel, aber senkrecht, mindestens einen Meter zwanzig – spring hoch! – ZACK! – ist sie oben im Sprung und hat ihn im Maul. Ja, sie weiß, dass sie kein Hund ist und es war auch nicht Flöhchen, der ihr das beigebracht hat, das war sie ganz allein. Aus Langeweile. – *Und auch wenn Hunde ebenfalls apportieren, so hoch wie ich springen die nicht* – höre ich da eine gewisse Hochnäsigkeit heraus?
Nun will ich aber wissen, wie sie die Schublade aufgekriegt hat. Ich hole ein paar Stücke von ihrem Trockenfutter, lege sie vor ihren Augen in die Schublade und warte. Und warte weiter. Sie macht nichts. Ich gebe auf und gehe in die Küche, um mir einen Kaffee zu machen. Da mir Hexe ungewohnter Weise nicht hinterher kommt, schleiche ich mich zurück und luge um die Ecke: Da sitzt sie auf dem Schreibtisch und langt mit der Pfote unter die Schublade, die sie mit wiederholten Bewegungen von oben herauszuziehen versucht. Und sie schafft es auch. O.k. Das heißt, ich muss die Schublade abschließen. Zum Glück hat die

Schublade Schloss und Schlüssel. Nun ruckelt sie später vergeblich, blitzt mich böse an und dreht anschließen ab in Richtung Hochsitz auf dem Kleiderschrank. Sie rollt sich zusammen und dreht mir den Rücken zu – *fürs erste haben wir uns nichts mehr zu sagen.*–

Rituale

Jeden Tag, wenn ich abends nach Hause komme und vom Flur aus um die Ecke in mein Zimmer biege, zischt Hexe hart an meinen Füßen vorbei und rast sofort mit einem Affenzahn in die entgegengesetzte Richtung zur Küche. Dort wartet sie direkt hinter der Türschwelle auf mich, und saust dann, wenn ich in ihre Nähe komme haarscharf an meinen Beinen vorbei zurück in mein Zimmer. Sie sitzt neben dem Sofa, bis ich fast bei ihr bin, dann sprintet sie zum Bücherstapel bei der Matratze – *fang mich doch, du lahme Ente!* – Na warte, ich krieg dich schon! – hechte ich ihr hinterher – *Satz mit X, war wohl nix!* – Das sitzt sie schon hinter dem Vorhang am Fenster. Das sind wieder ihre von mir so genannten verrückten fünf Minuten, in denen sie durch die Wohnung jagt als Ersatz für wilde Verfolgungen von Mäusen und Vögeln in freier Natur. Daher beugen Andy und ich uns auch häufig ihrem Willen und jagen mit. Sie sieht ein, dass wir nur Menschen sind, und wenn wir nach einer ganzen Weile völlig abgekämpft und aus der Puste in den Sessel fallen, gibt sie sich irgendwann zufrieden und sucht sich

in Siegerpose ein gemütliches Ruheversteck.
Zur Nacht macht sie erst ein paar Runden Milchtritt auf der Bettdecke und rollt sich schließlich auf meinem Kopfkissen neben meinem Kopf zusammen. Schnurrend schläft sie meist noch vor mir ein. Irgendwann während der Nacht macht sie ihre Kontrollgänge, besucht auch mal Andy und schläft dort weiter, aber jeden Morgen liegt sie wieder irgendwo auf meinem Bett. Wenn ich nicht rechtzeitig von selbst wach werde, kann ich auf sie zählen. Sie legt sich auf meine Brust und tupft mit ihren Pfoten, die Krallen sorgsam eingezogen, sanft auf meinen geschlossenen Augenlidern herum. Wenn ich dann aufwache, finde ich mich Nase an Nase mit meiner Katze, die mir neugierig in die soeben geöffnete Pupille schaut.

Die Tastatur

Wie lange ich heute schon am Computer sitze, weiß ich nicht genau, da ist zunächst das Ausformulieren und erste Abtippen der Notizen der Recherche, dann die Struktur, die Vorlage handschriftlich…schwups, springt meine Katze auf die Tastatur und legt sich flach – *Streichel mich!* – nein, tut mir leid, ich habe zu tun! – *Bittebitte* – maunzt sie und lässt sich auf die Seite plumpsen, Kopf Richtung Bildschirm, Hinterläufe zu mir. Sanft hebe ich sie auf und setze sie wieder auf dem Boden ab. Und weiter im Text: der erste Absatz ist o.k., das Wesentliche ist drin, und immer schön locker vom Hocker formuliert. In der Küche rumort etwas, wahrscheinlich Hexe auf der Suche nach dem Trockenfutter und wieder auf dem Omaschrank. Es rumpelt und knallt, sie reißt absichtlich alles heraus, aber ich beschließe, das zu ignorieren und arbeite weiter. Doch ein kräftiger RUMS! – zwingt mich nachzuschauen, tatsächlich! – Topf, Besen und Schrubber liegen auf dem Boden, Putzeimer und Kehrschaufel ebenso, an das Futter kommt sie nicht heran: ätsch, ist jetzt in einer anderen Schublade.

Laut Miauend protestiert sie – *HUNGER ICH VERHUNGERE!* – Ich gebe auf und eine Runde Trockenfutter aus, jetzt ist sie erst einmal abgelenkt, und ich schleiche zurück an meinen Arbeitsplatz. Also wie war das nochmal? Ach ja, in soundso viel Prozent der Fälle handelt es sich um…, nein, klingt blöd, besser wenn ich, ja so, plötzlich fließt es nur so und klapperdiklapp tackern meine Finger über die Tastatur, außerdem muss ich mich beeilen. 10.000 Zeichen bis Redaktionsschluss morgen früh – schwups! – liegt meine Katze wieder auf der Tastatur. – *Mir ist so langweilig!* – O.k. Ich schiebe sie mir in den Nacken, bis sie mir warm auf den Schultern liegt, so kann ich weiterschreiben. Ein Katzenarm langt von der Schulter in Richtung Tasten – Lass das, Hexe! Sie zieht ihn zurück. Inzwischen bin ich beim Hauptteil angelangt und nicht ganz sicher, ob ich die richtige Balance im Tonfall gefunden habe, zwischen sachlich, aber nicht trocken, anschaulich, aber nicht gefühlvoll, da fließt mir die Katze wieder von der Schulter auf die Tastatur und schafft es, sie vollständig zu bedecken. – NEIN HEXE, NEIN WIRKLICH NICHT! – schimpfe ich und vertreibe sie nicht mehr sehr sanft von meiner Arbeitsfläche. Beleidigt zieht sie sich endlich zurück. Jetzt noch den Schlussteil und die Quellenangaben – KLIRR! SCHEPPER! – Ich fasse es nicht, in der

Küche hat sie die Teller von der Spülablage gerissen, und das gesamte gespülte Geschirr umgekippt. Mittendrin sitzt sie und schaut mich an – *das hast du jetzt davon!* – Wütend schimpfe ich laut vor mich hin und scheuche Hexe aus dem Weg. Zum Glück ist nichts zu Bruch gegangen. Ich sammele alles wieder ein, räume auf, und mache mir erst einmal einen Kaffee. Der größte Teil des Artikels steht, vielleicht nochmal etwas raffen, glätten, präzisieren…, der Kaffee entfaltet seine belebende Wirkung und mit der Tasse in der Hand mache ich mich wieder auf den Weg zum Schreibtisch, wenn ich zum Beispiel…, – auf der Schwelle zu meinem Arbeitszimmer bleibe ich stehen. Hexe sitzt königlich aufrecht auf der Tastatur und schaut mich an. Dann hebt sie ihren Schwanz und – ich begreife es nicht – stehe wie eingefroren: sie pinkelt ganz bewusst mit starrem Blick in meine Augen auf die Tastatur! *PRRRRRRT!* – Macht sie, springt herunter und verschwindet in einem ihrer unauffindbaren Verstecke. Die Tastatur gibt ein zischendes Geräusch von sich, stinkt neben Katzenurin nun auch nach Verbranntem: Plastik und Metall. Ich ziehe den Stecker und baue sie ab. Der nette Computerfreak aus dem Laden unten im Haus ist trotz des Geruchs bereit zu schauen, ob noch etwas zu retten ist. Ist es aber nicht. Ab in die Tonne damit. Den Artikel muss ich morgen sehr, sehr früh noch in der Redaktion fertig schreiben, zum Glück hatte ich alles abgespeichert und schon hinübergeschickt. Diesmal bin ich es, die der Katze erst einmal nichts mehr zu sagen hat.

Wie es endet

Hexe ist inzwischen 13 Jahre alt und hat noch zwei weitere Umzüge mit mir hinter sich. Wir leben jetzt in Wiesbaden und sie ist schon seit einigen Jahren schwer krank. Ich füttere sie mit Spezialfutter, immer mal wieder muss sie eine Infusion bekommen. Sie spielt nicht mehr, liegt schwach auf ihrem Kissen und bewegt sich kaum.

Als ich eines mittags nach Hause komme, kann sie ihre Hinterläufe nicht mehr bewegen. Schweren Herzens trage ich sie zur Tierärztin um die Ecke, ich fürchte mich vor dem, was sie mir sagen wird. Und sie sagt es. Wenn Sie Ihrer Katze einen Gefallen tun wollen, dann lassen Sie sie jetzt einschläfern. – Aber sie schnurrt doch noch, sage ich kläglich, da kann es ihr doch nicht schlecht gehen! – Sie schnurrt nur, um Sie zu beruhigen, das tun Katzen, klärt sie mich auf.

Damit ist die Entscheidung gefallen. Ich halte sie in meinem Arm, während sie die Spritze bekommt. Sie sieht mich dabei ängstlich an, dann schließt sie die Augen. Sie stirbt in meinem Arm.

Die folgende Nacht behalte ich sie in meiner Wohnung

auf ihrem Kissen. Dann darf ich sie im Garten vor meinem Balkon begraben, so dass ich sehen kann, wo sie liegt. Es ist sehr traurig.

Doch da ist auch all die wunderbare Zeit, die ich mit ihr haben durfte! All die Freude, den Spaß, ihre wunderbare lustige und tröstliche Gesellschaft!
Ich ertrage den Abschiedsschmerz und ihr Fehlen, denn eines geht nun mal nicht ohne das andere. Ich habe oft überlegt, ob ich wieder eine Katze zu mir holen sollte, bisher habe ich es nicht getan. Die Neue hätte es schwer, sich in meinem Herzen einen ebenso festen Platz zu erobern wie Hexe. Schließlich und endlich – sie war und ist ja:

die klügste Katze der Welt !

Inhalt

MARION KANNEN

SPIEL | ZEUG | HAUS

Gedichte | Prosa

ISBN: 9783754922811 – Softcover, 104 Seiten, 2021

Im SpielZeugHaus von Marion Kannen herrscht spielerische Freude, eitel Sonnenschein im Kostümfundus mit X Kappen am GardeRobenStänder, aber in der Maske sprudelt theatralisch wutschnaubender Schaum vorm Bug, und mit gezogener Feder piekt sie als Inspizientin in „saubere Geschäfte" von Blackstone und -rock, ins angestochene Wespennest und verklärt verliebte FahrerFluchten. In Prosaminiaturen tauchen experimentelle Requisiten auf, lautmalerische Stand-Up-Comedy, fröhlich & scheinbar improvisierte Nonsens-DaDas, doch in den Kulissen: UnterAbGründe, Zart- & Zärtliches; – plötzlich: DEUS EX MACHINA, knallhartwindelweich.

REIHE FREEdrichshagener⌘KleeBLATT

1 | 2016 Wolfgang Endler. endler – das buch: aph🚲rismen. *Hrsg. Kalle K., der wahre Neuköllner.* ISBN: 9783741828720

2 | 2016 Lena Kelm. Im Prinzip gibt es alles: Kasachstan⌘Berlin. Erzählungen. ISBN: 9783741848872

3 | 2017 Wolfgang Endler. mArkanT bis mAkaber: aph🚲rismen. Mit 13 Illustrationen von Dorothy Siegl. ISBN: 9783741897658

4 | 2017 Monika Jarju. KIWI KERNE: Prosaminiaturen. ISBN: 9783741897757

5 | 2019 Lena Kelm. Kasachstan im Kochtopf: Rezepte & Geschichten. ISBN: 9783750201019

6 | 2019 Monika Jarju. Abreißengel: Prosaminiaturen. Neopubli Berlin. ISBN: 97837502490305

7 | 2020 (*un*)zeitgemäß. ANDERSWO IST SCHON DA. Anthologie mit Illustrationen von Dorothy Siegl und Regine Wendt. ISBN: 978375290038

8 | 2021 Wolfgang Endler. Prothese-Antithese: GrundGegenSprengsätze. Aphorismen. ISBN: 9783753164144

9 | 2021 Marion Kannen. SpielZeugHaus: Gedichte | Prosa ISBN: 9783754922811

10 | 2022 Monika Jarju. Alte Hüte, was sonst: Prosaminiaturen ISBN: 978354936153

11 | 2023 Regine Wendt. Marie. Wenn ich schlafe, darfst du träumen. ISBN: 9783757550635

KURZES 1#2022. Kurze Texte. Aphorismen, Geschichten, Gedichte ISBN: 9783756551

Zeitfracht Medien GmbH
Ferdinand-Jühlke-Straße 7,
99095 - DE, Erfurt
produktsicherheit@zeitfracht.de

FSC
www.fsc.org
MIX
Papier | Fördert
gute Waldnutzung
FSC® C083411

Druck:
CPI Druckdienstleistungen GmbH
im Auftrag der
Zeitfracht Medien GmbH
Ein Unternehmen der Zeitfracht - Gruppe
Ferdinand-Jühlke-Str. 7
99095 Erfurt